wib

Franklin y el Día de Acción de Gracias

Para todos los granjeros del mundo, con gratitud. — B.C.

Franklin y el Día de Acción de Gracias

Basado en los personajes creados por
Paulette Bourgeois y Brenda Clark
Ilustrado por Brenda Clark
Traducido por Alejandra López Varela

Lectorum Publications,

A Franklin le gustaba todo lo relacionado con el
Día de Acción de Gracias. Le gustaba comer pastel
de moscas y calabaza y mermelada de arándanos.
Le gustaba hacer cornucopias y muñecos con las
hojas del maíz. Pero sobre todo le gustaba que sus
abuelos vinieran todos los años a cenar a casa.
Era una tradición familiar y Franklin esperaba ese
día con mucha ilusión.

Una semana antes del Día de Acción de Gracias,
llegó una postal de los abuelos de Franklin.

–¡Oh! –suspiró la mamá de Franklin–. Los abuelos
no van a poder venir este año.

–¡Pero tienen que venir! –gritó Franklin–. Siempre
vienen el Día de Acción de Gracias.

–Bueno, todavía seremos cuatro –dijo ella,
abrazándolo.

–Pero no será igual –refunfuñó Franklin.

Durante los días que siguieron, Franklin estuvo tan ocupado que no tuvo mucho tiempo de pensar en los abuelos. Ayudó a su mamá a recoger manzanas para hacer mermelada. Recogió verduras con su papá y las almacenaron en el sótano. Franklin y Oso ayudaron a Harriet y a Beatriz a coger frambuesas y nueces.

En los jardines y huertos, en los campos y bosques, todo el mundo recogía las cosechas.

Franklin contó los frascos de mermelada y de conservas.

—Este año hemos tenido una de las mejores cosechas —dijo su papá—. ¡Podríamos darles de comer a todos los vecinos!

—Yo me conformaría con darles de comer a los abuelos —suspiró Franklin.

—No será igual sin ellos —dijo su mamá.

En la escuela, la clase de Franklin hizo una colcha con el tema de la cosecha y aprendieron cómo los primeros pobladores celebraron el Día de Acción de Gracias.

–¿Qué va a hacer el Día de Acción de Gracias, Sr. Búho? –preguntó Franklin.

–Voy a cenar con mi madre –respondió–. Nuestros familiares no podrán venir este año.

–Los nuestros tampoco –dijo Franklin.

Entonces a Franklin se le ocurrió una idea. Invitó al Sr. Búho y a su madre a cenar.

–A mis papás les encantará que nos acompañen –le dijo.

–Gracias, Franklin –dijo el Sr. Búho–. Aceptamos encantados.

Franklin sonrió: –Será una sorpresa maravillosa.

En casa, la mamá de Franklin colocó los pasteles de frambuesa en el alféizar de la ventana para que se enfriaran. Entonces se le ocurrió una idea.

Fue a casa de Oso e invitó a toda la familia a cenar el Día de Acción de Gracias.

—Será una sorpresa maravillosa para todos —dijo.

El papá de Franklin saludó al Sr. Topo desde el jardín.

−¿Va a casa de su hermana para el Día de Acción de Gracias? −le preguntó.

−Este año no −respondió el Sr. Topo−. Con el tobillo roto no puedo ir muy lejos.

El papá de Franklin tuvo una idea. Invitó al Sr. Topo a cenar.

−Será una sorpresa maravillosa para todos −dijo.

Después de clase, Franklin fue a casa de Alce.

Era el primer Día de Acción de Gracias desde que Alce y su familia se habían mudado. Franklin decidió invitarlos a cenar.

—Mis papás estarán encantados de que vengan —dijo.

—Será un placer para nosotros —dijo la Sra. Alce.

Franklin sonrió. La sorpresa se hacía más y más grande.

El Día de Acción de Gracias por la mañana,
Franklin se levantó temprano para ayudar a su mamá
a preparar la cena. Revolvió la sopa y peló las
mazorcas de maíz. Luego puso la mesa para nueve
personas.

El papá de Franklin contó los cubiertos. Movió la
cabeza y retiró cuatro cubiertos.

Al ver la mesa, la mamá de Franklin se quedó
sorprendida y añadió tres cubiertos.

Todos se asomaban a cada rato por la ventana
para ver si llegaban sus invitados.

El Sr. Búho y su mamá fueron los primeros en llegar.

–¡Sorpresa! –gritó Franklin a sus papás.

–¡Vaya, esto sí que es una sorpresa! –exclamaron.

A continuación Franklin vio a la familia Oso y al Sr. Topo.

Ahora todos estaban sorprendidos.

La casa se llenó de invitados que traían platos repletos de comida.

Franklin y sus papás rieron y explicaron a todos
lo que había ocurrido.

—Bueno, está claro que tenemos un montón de
comida —dijo la mamá de Franklin—. Lo que nos falta
ahora es un lugar donde comerla.

Franklin sabía que el problema era serio. La familia
Alce no había llegado todavía.

Franklin miró a su alrededor. Ya no cabía ni un
alfiler dentro de la casa. Pero afuera…

De repente, a Franklin se le ocurrió la solución.

Alce y su familia llegaron cuando todos salían por la puerta, llevando fuentes con comida, platos, mesas y sillas.

–¿Qué pasa? –preguntó Alce.

–Vamos a celebrar la cena de Acción de Gracias al aire libre –respondió Oso.

–Como los primeros pobladores –dijo Franklin.

Fue una tarde maravillosa. Comieron una deliciosa cena y todos dieron gracias por tener una familia y unos buenos amigos. Franklin dio las gracias por las tres raciones de pastel de moscas y calabaza que le tocaron.

—Me comí la porción de los abuelos —explicó.

Comenzó a anochecer y llegó la hora de irse a casa.

–Ha sido un día maravilloso –dijo la mamá de Franklin.

Franklin asintió: –¡Que se repita el año que viene! –dijo.

Todos rieron y aplaudieron.

Más tarde, los abuelos llamaron por teléfono. Franklin les habló de la nueva tradición del Día de Acción de Gracias. Le prometieron que el año próximo no se lo perderían por nada del mundo.

Franklin sonrió. Aunque el año que viene no le tocaran tres porciones de pastel, sabía que se sentiría muy contento.